Sacrī Pullī:
The Story of the
Sacred Chickens

Emma Vanderpool

Sacri Pullī: The Story of the Sacred Chickens
For more resources & to share your own, please
go to eutropi.us

ISBN: 9781686669415

discipulīs apud Academiam Moultonboroughiensem

CONTENTS

AUTHOR'S NOTE

While many novellas currently published focus on mythology and culture, this novella was spurred on by the question of how to introduce ancient Roman history to students in a way that was compelling and comprehensible. As such, this is my humble contribution to the growing number of such texts.

The vocabulary in this text has been limited. This text has about 2,000 words: 90 different words or 200 forms of these words. This excludes proper names. Furthermore, I have done my best to both use high frequency words as well as weave in Latin idioms. While I strived to keep sentences short, I did not restrict grammatical usage.

By way of acknowledgments, I would like to thank Mark Pearsall and Sasha Vining for pushing me to consider how to introduce culture through the Latin language in a way that was both compelling and approachable. My thanks are also due to Dr. Teresa Ramsby for the initial inspiration for this novella in her Roman Civilization Course. I am deeply indebted to Matthew Katsenes and his middle school students at Moultonborugh Academy: my original audience.

Last, but not certainly not least, my deepest thanks to my sister, Audrey Vanderpool, for illustrating the cover, and to my readers, Allyson Bunch and Celia Kelly, for taking the time to offer thoughtful comments and feedbacks. Any remaining mistakes or errors in spelling, style, or usage are my own.

PERSONAE

PICCIUS, SACER PULLUS

PICCIUS IS ONE OF THE SACRED CHICKENS OF ROME. WHEN HE EATS, THE GODS SPEAK.

Marcus, Pullārius

Marcus is one of the caretakes of the sacred chickens of Rome. When he feeds the chickens, the gods speak.

Publius Claudius Pulcher, Consul

Publius Claudius Pulcher is of the illustrious Claudius family. This Roman consul is busy waging war against the Carthaginians — or soon will be waging war… should the gods approve….

CAPITULUM I:
PICCIUS THE PULLUS SACER

EGO SUM PULLUS ROMANUS, NŌMINE **PICCIUS**! EGO SUM NŌN SOLUM PULLUS MAGNUS SED PULLUS <u>SACER</u>.[1] DEĪ DEAEQUE MĒ VALDĒ AMANT ET <u>POTESTĀTEM</u>[2] MAGNAM MIHI DANT.

---

[1] *sacer*: sacred
[2] *potestātem*: power

ROMAE HABITŌ.
EGO ET ALIĪ PULLĪ
IN _HARĀ_[3]
MAGNĀ
HABITĀMUS.
COTĪDIĒ LAETĪ IN

HARĀ AMBULĀRE ET _GLŌCĪRE_[4]
POSSUMUS. VIRĪ NŌS NŌN NECANT!
SOLUM CIBUM ET AQUAM DANT.

NŌS SUMUS LAETĪ ET FORTŪNĀTĪ
QUOD COTĪDIĒ VIR, NŌMINE
MARCUS, CIBUM ET AQUAM AD
HARAM NOSTRAM PORTAT ET
NŌBIS DAT.

MARCUS NŌS NŌN NECAT! ALIĪ
VIRĪ PULLŌS NECANT -- ET EDUNT!

---

[3] _harā_: chicken coop
[4] _glocīre_: to cluck

SED NŌN MARCUS! NŌS PULLĪ SACRĪ MARCUM VALDĒ AMAMUS!

NEGŌTIUM VIRŌ EST[5] CIBUM ET AQUAM NŌBIS DARE. COTĪDIĒ VIR CIBUM IN HARAM IACIT.... ET NŌS EDIMUS. UBI CIBUS EST *FRŪMENTUM*,[6] VALDĒ MIHI PLACET EDERE. EGO *GLŌCIŌ*[7] QUOD LAETUS SUM.

FRŪMENTUM

COTĪDIĒ MARCUS AQUAM IN *HARĀ*[8] NOSTRĀ PONIT... ET NŌS AQUAM BIBIMUS. VALDĒ NŌBIS PLACET AQUAM BĪBERE. NŌS *GLŌCIMUS*[9] QUOD LAETĪ SUMUS.

---

[5] *negōtium virō est*: the man's job is...
[6] *frūmentum*: grain
[7] *glōciō*: I cluck
[8] *harā*: chicken coop
[9] *glōcimus*: we cluck

MARCUS NŌN SOLUM CIBUM IACIT
SED ETIAM NŌS CIBUM _EDENTĒS_[10]
SPECTAT ET AUDIT.... VIR MĒ
SPECTANS[11] NŌN VALDĒ MIHI
PLACET. EGO SOLUM EDERE VOLŌ....
EGO VIRUM MĒ SPECTANTEM
NŌLO....

NEGŌTIUM[12] VIRŌ EST CIBUM ET
AQUAM NŌBIS DARE; NEGŌTIUM
NŌBIS EST CIBUM EDERE ET AQUAM
BĪBERE. SUMUS PULLĪ NŌN SOLUM
SACRĪ SED ETIAM FORTŪNĀTĪ!

VIR, NŌMINE MARCUS, NŌS CURAT
-- NŌN NECAT! _ALIQUANDO_[13]

---

[10] _edentēs:_ eating
[11] _spectans:_ watching
[12] _negōtium:_ job
[13] _aliquandō:_ sometimes

4

MARCUS *NŌN SEMEL SED BĪS*[14] AD HARAM AMBULAT ET CIBUM PORTAT! UBI MARCUS *NŌN SEMEL SED BĪS*[15] CIBUM MIHI DAT, EGO VALDĒ LAETUS SUM.

QUOD MARCUS MULTUM CIBUM MIHI DAT, EGO SUM PULLUS **MAGNUS**; EGO MARCUM VALDĒ AMŌ!

FORTASSE MARCUS PULLŌS ALIŌS NECAT ... ET EDIT.... SED NŌN NŌS NECAT QUOD NŌS SUMUS PULLĪ SACRĪ. NŌS SACRĪ SUMUS QUOD DEĪ DEAEQUE NŌS SPECTANT ET AMANT. DEĪ DEAEQUE *POTESTĀTEM*[16] **MAGNAM** NŌBIS DANT.

---

[14] *nōn semel sed bīs*: not once but twice
[15] *nōn semel sed bīs*: not once but twice
[16] *potestātem*: power, authority

HAEC POTESTĀS NOSTRA EST...

UBI NŌS CIBUM EDIMUS, VIRĪ
SUNT LAETĪ!

UBI NŌS CIBUM NŌN EDIMUS,
VIRĪ SAEPE SUNT TRĪSTĒS.

QUOD HANC POTESTĀTEM MAGNAM
HABĒMUS, VIRĪ NŌN NŌS SED ALIŌS
PULLŌS EDUNT.

NŌS SUMUS PULLĪ NŌN SOLUM LAETĪ
SED ETIAM FORTŪNĀTĪ.

NŌS SUMUS PULLĪ SACRĪ.

CAPITULUM II:
MARCUS THE PULLĀRIUS

ego sum vir Romanus; ego sum *pullārius*[17],

nōmine Marcus.

ego nōn sum pullus.

ego nōn *glociō*[18] et

nōn in *harā*[19] habitō.

ego sum **pullārius.**

HARA

---

[17] *pullārius:* chicken keeper
[18] *glociō*: I cluck
[19] *harā*: chicken coop

Romae habitō. quod ego sum pullārius,
negōtium mihi est[20] pullōs curāre -- nōn
necāre. negōtium mihi est nōn solum
pullōs curāre sed etiam *auspicia referre*[21].

ego aliōs pullōs edō... sed nōn hōs pullōs in
harā meā edō. hī pullī sunt sacrī! deī
deaeque eōs amant et *potestātem*[22] **magnam**
dant.

cotīdiē ego ad *haram*[23] ambulō quod in harā
pullī sacrī habitant. cotīdiē ego cibum et
aquam portō.

---

[20] *negōtium mihi est*: my job is
[21] *auspicia referre*: to report omens
[22] *potestātem*: power, authority
[23] *haram*: chicken coop

saepe cibum est *frūmentum*[24]

quod frūmentum pullīs

sacrīs valdē placet.

FRŪMENTUM

quod ego sum pullārius,

negōtium[25] mihi est pullōs curāre et cibum

dare. ego nōn multōs pullōs amō…. sed

pullum, nōmine Piccium, amō quod est

magnus pullus! Piccius multum cibum edit!

saepe *nōn semel sed bīs*[26] cibum Picciō dō

quod ego eum valdē amō.

cotīdiē in haram frūmentum iaciō. *tunc*[27]

pullōs cibum *edentēs*[28] spectō. pullī edunt;

Piccius multum cibum edit quod magnus

---

[24] *frūmentum:* grain
[25] *negōtium:* job
[26] *nōn semel sed bīs:* not once but twice
[27] *tunc:* then
[28] *edentēs:* eating

est. tunc pullōs audiō. pullī glōciunt;
Piccius valdē *glōcit*[29] quod magnus est.

nōn valdē mihi placet curāre pullōs quod
ego solum Piccium amō. sed deī deaeque
pullōs sacrōs amant et *potestātem*[30]
magnam pullīs dant.

haec potestās est…

ubi nōs cibum pullīs damus et pullī
cibum edere volunt, deī deaeque
sunt laetī! consul laetus est quod
fortūnātus est et bellum gerere
potest. nōs Romanī fortūnātī sumus.

---

[29] *glōcit*: clucks
[30] *potestātem*: power

ubi nōs cibum pullīs damus et pullī

cibum edere nolunt, deī deaeque

sunt trīstēs! consul trīstis est quod

bellum gerere nōn potest. nōs

Romanī nōn fortūnātī sumus.

quod ego sum pullārius, negōtium mihi est

pullōs curāre et spectāre.

ubi pullōs cibum *edentēs*[31] spectō et audiō,

auspicia referre[32] possum. deī deaeque

potestātem mihi dant; ego pullōs spectō et

audiō, tunc auspicia referre consulī

possum.

---

[31] *edentēs*: eating
[32] *auspicia referre*: to report omens

hodiē nōs bellum contrā Karthāginensēs in Siciliā gerimus.... nōs nōn fortūnātī sumus quod *quamquam*[33] nōs nāvēs habēmus, Karthāgō **MAGNĀS** nāvēs habet.

---

[33] *quamquam*: although

noster consul, nōmine Publius Claudius
Pulcher, bellum gerere vult. negōtium
Claudiō est bellum gerere; bellum gerere
valdē placet. quod consul magnās nāvēs
nōn habet, nōn fortūnatus est....

COTĪDIĒ[34] ego ad haram ambulō et
pullōs curō. **COTĪDIĒ** ego cibum et
aquam pullīs portō et dō. **COTĪDIĒ** ego
pullōs frūmentum edentēs spectō et audiō
quod ego auspicium consulī referre volō.
est negōtium pullāriō.

ego saepe auspicia consulī referō sed
Publius Claudius Pulcher **NUMQUAM**
MĒ AUDIT! solum bellum gerere Claudiō

---

[34] *cotīdie*: everyday

placet. solum necāre virōs Claudiō placet.

fortasse mē audīre Claudiō nōn placet.

CAPITULUM III:
PUBLIUS CLAUDIUS PULCHER

ego sum nōn pullārius sed consul,

nōmine Publius Claudius Pulcher.

quod ego sum consul Romanus,

negōtium[35] mihi est *bellum gerere*[36].

hodiē bellum in *marī*[37] gerimus.

ΜΑRE

---

[35] *negōtium*: job
[36] *bellum gerere*: to wage war
[37] *marī*: sea

NAVIS

nunc _bellum_ contrā Karthāginem in

Siciliā _gerimus_³⁸, sed nōn fortūnātī

sumus quod Karthāgō nāvēs **MAGNĀS**

habet…. nōs solum nāvēs habēmus.

quod Karthāginensēs nāvēs magnās

habent, multōs Romanōs necant. nōs

fortūnātī in bellō nōn sumus….

ego nōn saepe pullārium _auspicium_

_referentem_³⁹ audīre volō… sed nunc

---

³⁸ _bellum gerimus_: we wage war
³⁹ _auspicium referentem_: reporting omens

audīre volō quod bellum gerere contrā
Karthāginem volō. nunc pullārium
audīre volō quod volō esse fortūnātus
in bellō.

Romae pullārius, nōmine Marcus,
habitat. Marcus nōn valdē mihi placet.
Marcum audīre nōn valdē mihi placet.
nunc pullōs sacrōs ad Siciliam, _ubi_[40]
gerimus bellum, portat.

pullī sunt laetī et fortūnātī quod deī
deaeque eōs amant et potestātem dant.
aliī pullī nōn fortūnātī sunt… quod virī
aliōs pullōs necant et edunt. pullōs
necāre **VALDĒ** mihi placet; pullōs

---

[40] _ubi_: where

edere **VALDĒ** mihi placet.... sed ego hōs pullōs edere nōn possum quod deī deaeque hōs "amant" et "_potestātem_[41]" pullīs dant.

Marcus pullōs in _haram_[42] ponit. in harā ego pullum magnum spectō. ego pullum,

HARA

nōmine Piccius, edere volō quod est **MAGNUS**. sed Marcus nōn vult mē edere Piccium... fortasse Marcus Piccium amat? fortasse Marcus etiam Piccium edere vult.

---

[41] _potestātem_: power, authority
[42] _haram_: chicken coop

tunc Marcus pullārius

aquam in haram ponit.

frūmentum[43] ad haram

portat et tunc in haram

iacit.

FRŪMENTUM

ego pullōs spectō…. et spectō…. et

spectō…..

sed pullī frūmentum nōn edunt!

aquam nōn bibunt!

ego nōn sum laetus. ego nōn sum

trīstis. ego sum ĪRATUS.

---

[43] _frūmentum_: grain

19

negōtium[44] pullāriō Marcō est

auspicium referre[45]! sed ubi pullī nōn

edunt, pullārius auspicium referre nōn

potest. ubi pullārius auspicium referre

nōn potest, ego *bellum gerere*[46] nōn

possum! ego virōs necāre nōn possum.

ego fortūnātus in bellō esse nōn

possum.

ego sum īratus quod pullī sacrī

potestātem magnam habent:

ubi nōs cibum pullīs damus et

pullī cibum edere volunt, deī

deaeque sunt laetī! nōs sumus

---

[44] *negōtium*: job
[45] *auspicia referre*: to report omens
[46] *bellum gerere*: to wage war

laetī – fortūnātī *bellum gerere*[47]
possumus!

ubi nōs cibum pullīs damus et
pullī cibum edere nolunt, deī
deaeque sunt trīstēs et īratī!
bellum gerere NŌN possumus….

ubi bellum nōn gerō, nōn sum
fortūnātus…..

ubi ego bellum gerere et virōs necāre
nōn possum, sum īratus….

---

[47] *bellum gerere*: to wage war

CAPITULUM IV:
SACRĪ PULLĪ NŌN EDUNT

mihi placet aquam

bībere, sed **VALDĒ** mihi

placet edere

frūmentum[48]! valdē pullīs placet edere

frūmentum! *negōtium*[49] nōbis est

---

[48] *frūmentum*: grain
[49] *negōtium*: job

cibum edere! sumus nōn solum sacrī
sed etiam fortūnātī pullī.

cotīdiē Marcus ad
haram ambulat et
cibum portat.
frūmentum in

haram[50] iacit et nōs cibum edimus.

aquam in harā ponit et nōs aquam
bibimus. Marcum valdē amamus quod
nōs curat.

---

[50] *haram:* chicken coop

hodiē Marcus nōs portat! tunc in aliā

harā nōs ponit....

hodiē nōn solum Marcus sed etiam

alius vir cibum nōbis dant. nōs cibum

nōn edimus quod... hodiē Marcus

MULTUM cibum nōbis _iēcit_[51]. hodiē

laetī et fortūnātī sumus quod Marcus

nōn semel, nōn bīs, sed ter[52] cibum

dat.

---

[51] _iēcit_: threw
[52] _nōn semel, nōn bīs, sed ter_: not once, not twice, but thrice

nōn solum deī deaeque sed etiam

Marcus volunt nōs esse laetōs et

fortūnātōs.

haec *potestās*[53] nostra est...

ubi nōs cibum edimus, virī sunt

laetī!

ubi nōs cibum nōn edimus, virī

saepe sunt trīstēs.

---

[53] *potestās*: power, authority

quod Marcus multum

cibum nōbīs iēcit, nōs

frūmentum edere nōn

possumus…. sed Marcus

et vir nōn sunt trīstēs…. Marcus est

laetus. alius vir nōn est laetus…. nōn

est trīstis…. est ĪRATUS?!

CAPITULUM V:
SECRETUM

ego sum pullārius Romanus. *negōtium mihi est*[54] nōn solum pullōs curāre sed etiam *auspicia referre*[55]. deī deaeque *potestātem*[56] mihi dant.

ubi *auspicium* consulī *referō*[57], *negōtium*[58] consulī est auspicium audīre. sed Publius

---

[54] *negōtium mihi est*: my job is.
[55] *auspicium referre*: to report omens
[56] *potestātem*: power, authority
[57] *referō*: I report (the omens)
[58] *negōtium*: job

Claudius Pulcher **_NUMQUAM_**[59] mē
audit!

cotīdiē ego pullōs
sacrōs curō!
CO-TĪ-DI-Ē.
cotīdiē ad _haram_[60]
ambulō. cibum et
aquam portō et dō.

pullōs frūmentum _edentēs_[61] spectō et audiō
quod negōtium mihi auspicium referre est.

quod consul bellum gerere vult, mē
auspicium referentem "audīre" vult. quod

---

[59] _numquam:_ never
[60] _haram:_ chicken coop
[61] _edentēs:_ eating

consul bellum gerere vult, *necesse est*[62] mihi pullōs ad Siciliam portāre! ego sum īratus! nōlō pullōs ad Siciliam portāre!

consul **NUMQUAM** mē audit... quamquam consul **NUMQUAM** mē auspicium referentem audit, necesse est mihi pullōs **AD SIC-IL-I-AM** portāre.

ego cibum *nōn semel sed bīs*[63] saepe dō quod ego potestātem magnam habeō.

---

[62] *necesse est*: it is necessary
[63] *nōn semel sed bīs*: not once but twice

sed est… secretum.

> ubi ego multum cibum semel pullīs
> dō, pullī edere volunt. consul *bellum*
> *gerere*[64] potest quod est "fortūnātus."

> ubi ego multum cibum nōn semel
> sed bīs pullīs dō, pullī edere nolunt.
> consul bellum gerere nōn potest
> quod nōn est "fortūnātus."

hodiē quod ego sum īratus, ego nōn semel,
nōn bīs, sed *ter*[65] cibum pullīs sacrīs dō.
quod ego multum cibum dō, pullī edere
nolunt. Piccius, meus pullus magnus, edere
nōn vult.

---

[64] *bellum gerere*: to wage war
[65] *ter*: thrice

fortasse[66] nunc consul mē auspicium referentem *audiet*[67]…

sed nunc consul Claudius pullōs sacrōs portat.…

quō[68] pullōs sacrōs portat?

"Claudius! Claudius! *quō*[69] meōs pullōs sacrōs portas?!?!"

---

[66] *fortasse*: perhaps
[67] *audiet*: *will hear*
[68] *quō*: (to) where
[69] *quō*: (to) where

CAPITULUM VI:
PULLĪ BIBANT!

ego sum consul; valdē mihi placet

bellum gerere[70]. est *negōtium*[71] mihi

bellum gerere.

sed... pullī sacrī frūmentum

nōn edunt.... aquam nōn

bibunt....

FRŪMENTUM

---

[70] *bellum gerere*: to wage war

[71] *negōtium*: job

quod pullōs sacrōs spectāre et audīre

nōn potest, pullārius, nōmine Marcus,

_auspicia referre_⁷² nōn potest…. et ego

pullārium auspicium referentem

"audīre" nōn possum!

ego sum īratus! ego _bellum gerere_⁷³

contrā Karthāginem volō! est negōtium

mihi!

pullī sacrī potestātem habent quod deī

deaeque amant. sed ego

_POTESTĀTEM_⁷⁴ magnam habeō quod

ego sum consul.

---

⁷² _auspicia referre_: to report omens
⁷³ _bellum gerere_: to wage war
⁷⁴ _potestātem_: power, authority

tunc ego īratus pullōs sacrōs ad nāvem portō.

ego pullārium audiō: "Claudius! Claudius! _quō_[75] meōs pullos sacrōs portas?!?!"

sed ad meam nāvem ambulō.

virī aliōs pullōs necant et edunt quod aliī pullī potestātem nōn habent.

---

[75] _quō_: (to) where

pullārius hōs pullōs curat quod deī deaeque eōs amant. fortasse hī pullī potestātem nōn habent.... fortasse deī deaeque eōs nōn amant....

tunc quod ego īratus sum, pullōs in mare iaciō.

"quod pullī edere nolunt, _bibant_[76]!"

virī aliōs pullōs necant et edunt.... sed mare hōs pullōs edit.

MARE

---

[76] _bibant:_ let them drink

ego sum solum trīstis quod ego
magnum pullum, nōmine Piccium,
edere nōn possum.

quamquam[77] nōs Romanī magnās
nāvēs nōn habēmus, bellum contrā
Karthāginem gerere volō. deī deaeque
mē amant; volunt mē gerere bellum.

ego *erō*[78] fortūnātus consul. ego erō
fortūnātus in bellō.

---

[77] *quamquam*: although
[78] *erō*: I will be

CAPITULUM VII:
FORTASSE....

quod hodiē Marcus nōn _semel_[79], nōn
bīs[80], sed _ter_[81] cibum dat, nōs edere
nolumus.... quod nōn edimus, alius vir
est ĪRATUS.

nunc vir nōs portat.... Marcus nōs
nōn portat....

---

[79] _semel_: once
[80] _bīs_: twice
[81] _ter_: thrice

in *harā*[82] aliā nōs
nōn ponit....
vir cibum et aquam
nōbis nōn dat....
frūmentum nōbis
nōn iacit....

HARA

vir NŌS iacit! et nunc in aquā sumus!
in marī sumus!

... fortasse nōn fortūnātī sumus....

... fortasse deī deaeque nōs nōn
amamus....

... fortasse Marcus mē nōn curat et
amat....

nunc trīstēs sumus....

---

[82] *harā*: chicken coop

CAPITULUM VIII:
DEĪ DEAEQUE

sumus deī deaeque. _Romae_[83] nōn
habitāmus sed virōs Romanōs
spectamus. nostrōs pullōs sacrōs
spectamus quod eōs valdē amamus.

negōtium nōbis est[84] auspicium dare.
quod pullōs amamus, potestātem

---

[83] _Romae_: in Rome
[84] _negōtium nōbis est_: our job is

damus. negōtium pullāriō Marcō est
auspicium consulī referre.

haec *potestās*[85] est....

ubi pullārius Marcus cibum dat
et pullī cibum edere volunt, nōs
laetī sumus. consul *bellum
gerere*[86] et fortūnātus esse potest.

ubi pullārius Marcus cibum dat
et pullī cibum edere nolunt, nōs
trīstēs et īratī sumus. consul
bellum gerere potest... sed
fortūnātus esse nōn potest.

---

[85] *potestās*: power, authority
[86] *bellum gerere*: to wage war

consul Romanus est Publius Claudius
Pulcher. negōtium consulī est nōn
solum bellum gerere sed etiam
auspicium audīre…. Claudius
NUMQUAM Marcum auspicium
referentem audit….

et **NUNC** Claudius nostrōs pullōs in
mare *iēcit*[87]! Romanī fortūnātī esse
nōn possunt quod Karthāgō magnās
nāvēs habet. Romanī solum parvās
nāvēs habent. sed Claudius
pullārium audīre nōn vult. sed
Claudius deōs deāsque audīre nōn
vult.

---

[87] *iēcit*: threw

sumus trīstēs et īratī quod Claudius nōn solum nōn audit sed etiam nostrōs pullōs in mare iēcit!

nunc nōn Claudius sed Karthāginensēs fortūnātus in bellō *erunt*[88].

nunc Karthāgō multōs Romanōs in mare *iacēbit*[89] quod Claudius nostrōs pullōs sacrōs in mare iēcit.

negōtium[90] consulī est bellum gerere sed negōtium Claudiō nōn est fortūnātus in bellō esse.

---

[88] *erunt*: will be
[89] *iacēbit*: will throw
[90] *negōtium*: job

INDEX VERBŌRUM

ad: *to*

alius, alia, aliī, aliōs: *some, others*

aliquando: *sometimes*

amō, amat, amamus, amant: *love*

ambulō, ambulāre, ambulat: *walk*

aqua, aquam: *water*

audiō, audīre, audit, audiet: *hear*

auspicium, auspicia (referre): *report (omens)*

bellō, bellum: *war*

bībere, bibimus, bibunt, bibant: *drink*

bīs: *twice, two times*

cibus, cibum: *food*

consul, consulī: *consul*

cotīdiē: *everyday*

curō, curāre, curat: *cares for*

dare, dat, damus, dant: *gives*

edō, edere, edentēs, edit, edunt: *eat*

ego: I

eōs, them

erō: *I will be*

eōs: *them*

erō: *I will be*

erunt: they will be

esse: *to be*

est: *is*

etiam: *also*

eum: *him*

fortasse: *perhaps*

fortūnātus, fortūnātī, fortūnātōs: *fortunate, lucky*

frūmentum: *grain*

gerō, gerere, gerimus (bellum): *wage (war)*

glōciō, glōcīre, glōcit, glōcimus, glōciunt: *cluck*

43

deaeque, deāsque: *goddesses*

deī, deōs: *gods*

dō: *I give*

ē: *out of*

hodiē: *today*

hōs: *these*

iaciō iacit, iacēbit, iēcit: *throw, threw*

in: *in, into*

īratī, īratus: *angry*

laetus, laetī, laetōs: *happy*

mare, marī: *sea*

mē: *me*

meam, meā, meōs: *my*

mihi: *my*

multum, multōs: *many*

nāvem, nāvēs: *ships*

necāre, necat, necant: *kills*

necesse: *necessary*

nōbis: *us*

habeō, habet, habēmus, habent: *has, have*

haec, hanc: *this*

harā, haram: *chicken coop*

hī: *these*

nunc: *now*

parvās: *small*

placet: *is pleasing to, likes*

ponit: *puts*

portō, portāre, portas, portat: *carry*

possum, possumus, potest, possunt: *is/are able*

potestās, potestātem: *power, authority*

pullus, pullī, pullum, pullīs, pullōs: *chicken*

quamquam: *although*

quō: *(to) where*

quod: *because*

referō, referre (auspicia): *to report (omens)*

referentem (auspicia): *reporting (omens)*

sacer, sacrī, sacrīs, sacrōs: *sacred*

saepe: *often*

nōlō, nolumus, nolunt: *do not want, do not wish*

secretum: *secret*

nōmine: *name*

sed: *but*

nōn: *not*

semel: *once, one time*

nōs: *we, us*

solum: *only*

noster, nostram, nostrā, nostrōs: *our*

spectō, spectāre, spectat, spectamus, spectant: *watch*

numquam: *never*

spectans, spectantem: *watching*

sum: *I am*

trīstis, trīstēs: *sad*

sumus: *we are*

ubi: *where, when*

sunt: *there are*

valdē: *very, really*

ter: *thrice, three times*

vir, virō, virum, virī, virōs: *man, men*